Une en en bleu

De Maëlle Fierpied
Illustré par Yomgui Dumont

Chapitre 1

– Allez, Félix ! Viens, elle est bonne !

La piscine dégage une écœurante odeur de chlore. Sa surface, agitée de milliers de vaguelettes, projette des reflets hypnotiques. Je suis pétrifié. Malgré les encouragements de Bilal et Aglaë, je ne peux me résoudre à plonger dans l'étendue mouvante. Je n'y suis pour rien, je souffre d'une véritable phobie de l'eau.

Ma trouille est bleue comme les carreaux de céramique sur lesquels je piétine depuis une heure. C'est notre première séance de piscine de l'année. Présence obligatoire. Tandis que les autres barbotent, je reste planté là, à trois mètres du bord. Ma distance de sécurité depuis que Bilal a essayé de me jeter à l'eau.

Je pousse un profond soupir en regardant mes amis s'amuser comme des fous. Bilal éclabousse Aglaë, qui riposte en riant, ses ailes de chauve-souris sagement repliées dans son dos.

Le soir, de corvée de balayage, je suis seul dans le réfectoire. La grande salle est calme, plongée dans une pénombre réconfortante. Ça ne me gêne pas, je vois très bien dans le noir. Alors que je range le balai, j'entends marcher derrière moi.

Je me retourne vivement pour me retrouver face à Iruka, le garçon le plus taciturne de la classe. Il ne passe pourtant pas inaperçu avec son mètre quatre-vingts, sa peau légèrement bleutée et son absence totale de pilosité. De sa peau s'élève une forte odeur de chlore. Il penche la tête avant de déclarer à voix basse :

– Tu n'aimes pas beaucoup l'eau. Que dirais-tu d'un cours particulier ? J'aimerais t'aider à apprivoiser l'élément liquide.

– Tu es sérieux ?

Iruka est le meilleur nageur de notre classe, un vrai dauphin. Mais pourquoi ferait-il ça pour moi ?

– Je suis très sensible aux émotions, et ta peur me perturbe.

Mince, encore un fichu télépathe. On dirait qu'il n'y a que ça dans cette école.

– Tu lis dans mes pensées ?

Il secoue la tête.

– Dans mon cas on parle plutôt de *sensitif*, car je ressens uniquement les émotions fortes. Je suis sincère, je pense avoir une solution à ton problème. Tu ne veux pas essayer ?

– Bah… pourquoi pas ? J'aime les défis.

– Alors rendez-vous ce soir, 22 heures, à la piscine. L'entrée sera protégée par ce code secret, lâche-t-il en me tendant un petit papier plié en quatre.

Puis il s'éloigne à grandes enjambées.

PISCINE

- ers le gymnase
- Entrée
- Digicode
- Bassin
- Gradins

Code
298-8-12

Rendez-vous
à 22h.
I.

Chapitre 2

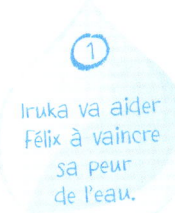

Iruka va aider Félix à vaincre sa peur de l'eau.

L'heure est trop vite arrivée. En caleçon de bain vert, j'attends avec fébrilité. Je n'ai pas osé convier Aglaë et Bilal à assister à mes premiers exploits aquatiques.

Seules les veilleuses du bassin sont allumées. Je suis à moins d'un mètre de l'eau, mais je n'ai pas peur dans l'obscurité silencieuse. Un bruit insolite me fait pourtant sursauter : des baskets couinent sur le sol humide. À cause de la réverbération, le son semble venir de partout à la fois. Pas d'inquiétude, ça ne peut être qu'Iruka.

C'est alors qu'un violent coup dans le dos me projette en avant. Surpris, je perds l'équilibre et

tombe à l'eau. Une peur électrisante m'envahit. J'essaie de nager et de repérer la surface, mais je ne vois que du bleu partout. Je tente de crier, je ne parviens qu'à avaler de l'eau. Je tousse pour m'en débarrasser. Grossière erreur. L'eau s'engouffre encore plus dans ma gorge. Mes poumons brûlent, ma vue se brouille.

Brusquement, deux bras se nouent autour de ma poitrine et me remontent vigoureusement à l'air libre.

En quelques instants, je me retrouve sur le bord de la piscine à cracher et à vomir de l'eau. Dégoûtant.

Iruka se tient à côté de moi, tout habillé et trempé. Il me tape dans le dos pour m'aider à expulser le liquide chloré. Dès que je m'en sens capable, je le repousse d'un bras faible. Ma gorge râpe mes mots tandis que j'essaie de parler.

– C'était… ça, ta solution ?

– Non ! J'étais encore dans les vestiaires quand ta peur m'a frappé comme une vague.

Je me relève sur des jambes flageolantes et me retiens de le griffer.

– Ta plaisanterie est de très mauvais goût.

Iruka tente de m'attraper le bras :

– Je te jure que ce n'est pas…

– Ne m'approche pas ! je hurle en le repoussant de nouveau.

Si je reste près de lui, je vais lui faire mal. Dans une fureur noire, je rejoins les vestiaires alors qu'il reste au bord de l'eau, les bras ballants.

Chapitre 3

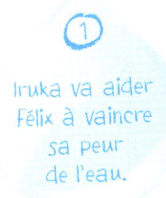

1. Iruka va aider Félix à vaincre sa peur de l'eau.

2. Félix est furieux : on l'a poussé à l'eau par surprise.

Le lendemain matin, toute l'île semble aller de travers. D'abord, Bilal, mon meilleur ami, doute de mon histoire. Il dit qu'il ne croit pas Iruka capable d'un acte malveillant. Il avance une autre théorie : et si les Stryges étaient de retour pour se venger*?

Et puis, il n'y a plus d'eau chaude dans les douches. Tout le monde râle auprès de Samuel, le responsable du dortoir, déjà de très mauvaise humeur. Il demande à Tobias, un garçon incandescent, de régler le problème tandis qu'il descend à la chaufferie. Tobias réchauffe assez la salle de bains commune pour la transformer en bain de vapeur. Chouette moment qui ne dure pas, car Samuel est de retour, passablement en colère.

★ Voir *Le Monstre de l'île*.

Quelqu'un a fermé le robinet de la chaudière. Il nous menace tous d'une punition mémorable si le responsable ne se désigne pas avant le soir.

Refroidis par le sermon, nous arrivons en retard au petit-déjeuner. Le buffet semble avoir été dévasté par une colonie de piranhas. Il manque mes yaourts préférés et le jus d'orange de Bilal. Visiblement, les filles, déjà attablées depuis une bonne demi-heure, s'en sont donné à cœur joie.

À peine installés à table, une jolie blonde vient timidement offrir son jus d'orange à Bilal avant de s'éloigner sans un mot dans un nuage parfumé à la camomille.

– Elle n'a pas résisté à mon charme naturel, s'enorgueillit mon ami en avalant son verre d'un trait.

– Dis plutôt qu'elle t'a entendu râler de l'autre bout de la cantine, je lui fais remarquer.

– Je vois que vous avez rencontré la nouvelle ?

Aglaë a quitté son groupe d'amies pour nous rejoindre.

– Elle est très mignonne, commente Bilal sans percevoir la lueur de jalousie qui s'est allumée dans l'œil d'Aglaë. Tu connais son nom ?

– Ambre, crache la fille chauve-souris entre ses dents. La jolie et très prétentieuse Ambre, qui se prend pour une princesse avec ses vêtements à la dernière mode.

Au même moment, Iruka passe dans notre allée avec son plateau. La veille, j'étais trop choqué par ma noyade pour réfléchir. Mais là c'est différent.

Je décide de lui parler tout de suite.

– Salut, je lance sans trop savoir comment débuter.

– Félix, je te jure que ce n'était pas moi hier soir, s'empresse d'expliquer le garçon bleu.

– Quelqu'un m'a pourtant poussé ! Et il n'y avait que toi et moi !

– Tu te trompes. Tu n'as pas voulu m'écouter, mais quelqu'un d'autre était là, je l'ai senti.

Il a l'air si sincère que je décide de le croire. Nous nous serrons la main pour enterrer officiellement la hache de guerre.

Il nous reste quand même un sérieux problème. Qui est l'inconnu qui m'a poussé ? Et comment est-il entré ? Iruka m'explique que la porte de la piscine est si lente à se refermer qu'on a pu se glisser derrière nous. Je suggère une autre idée :

– L'inconnu avait le code.

– Non, affirme Iruka. Je connais les habitués de la piscine, ce n'était aucun d'eux.

– Comment peux-tu en être aussi certain ?

– Chaque personne ressent les émotions différemment. C'est comme…

– Comme les odeurs. Chacun possède sa propre odeur, qui ne ressemble à aucune autre.

– Exactement. Les émotions sont marquées de la même façon. Hier soir, celui qui t'a poussé à l'eau a ressenti une jubilation qui n'appartenait à personne de ma connaissance.

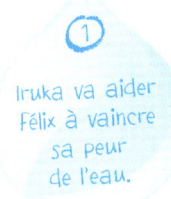
Iruka va aider Félix à vaincre sa peur de l'eau.

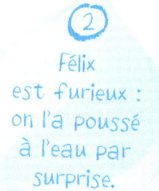
Félix est furieux : on l'a poussé à l'eau par surprise.

Félix accepte les excuses d'Iruka, mais le mystère reste entier.

La déferlante de mésaventures ne s'est pas arrêtée au seul bâtiment des élèves. Quelqu'un a appliqué de la colle forte sur les bords de la porte et des fenêtres de la salle des profs, coinçant la plupart des enseignants en plein milieu de leur pause-café. Excédée, la directrice finit par appeler Bilal à l'aide. C'est trop de fierté pour mon ami le passe-muraille. Il traverse le mur pour faire sortir les profs un à un, en se pavanant comme un superhéros accompli.

– Tout ça parce qu'elle le regarde, grogne Aglaé en désignant Ambre du menton. Et qu'elle fait sa belle avec ses baskets à paillettes. Pathétique.

Seulement, après trois allers-retours, l'air fanfaron de Bilal disparaît au profit d'une mine fatiguée. La directrice lui demande si tout va bien.

– Très bien, affirme Bilal avant de plonger une septième fois dans le mur.

Il ment, j'en suis certain.

Le quatrième professeur apparaît, suivi de Bilal, qu'il tient par la main. À l'instant même où le professeur est libéré du mur, Bilal lâche sa main en poussant un cri de douleur. Nous nous précipitons, mais trop tard : Bilal est prisonnier, le torse coincé dans les briques rouges du mur ! Je prononce son

nom, et il relève lentement la tête. Son visage est pâle, son regard brouillé.

– Félix, dit-il doucement. Ça fait mal. Je n'arrive plus à me concentrer assez pour traverser. Et puis, il y a cette fatigue…

Sur ces mots, il perd connaissance.

Aglaë demande d'une voix tremblante :

– Est-ce qu'il est… ?

– Juste endormi, ne crains rien, rassure la directrice après avoir vérifié son pouls.

Au même moment, des cris retentissent dans la foule des élèves. Cinq filles viennent de s'effondrer au sol, endormies elles aussi.

– Comment est-ce possible ? gémit Aglaë. Personne ne s'endort aussi vite, à moins que…

– Jasmine ?! gronde la directrice en se tournant vers cette fille au pouvoir soporifique.

L'accusée proteste tandis que Samuel l'entraîne vers son bureau pour tirer l'histoire au clair.

Iruka et moi échangeons un regard inquiet qui n'échappe pas à Aglaë. Il est temps de lui raconter l'épisode de la veille à la piscine.

Chapitre 5

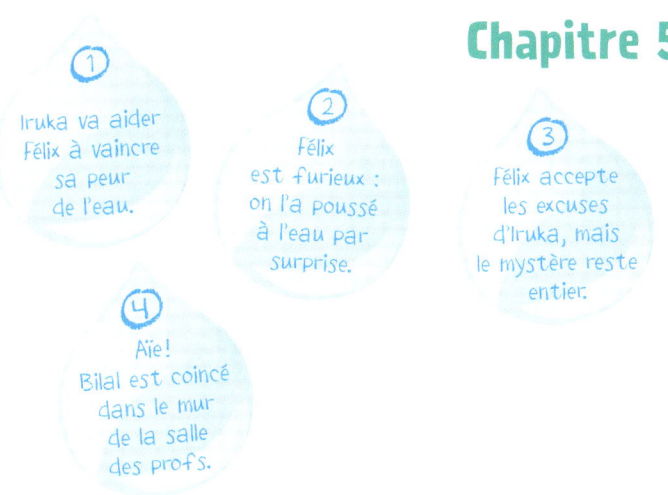

① Iruka va aider Félix à vaincre sa peur de l'eau.

② Félix est furieux : on l'a poussé à l'eau par surprise.

③ Félix accepte les excuses d'Iruka, mais le mystère reste entier.

④ Aïe! Bilal est coincé dans le mur de la salle des profs.

Finalement, on fait appel à Newton, le nouvel homme à tout faire supercostaud, pour arracher la porte de ses gonds et libérer les professeurs. Chacun sort de la salle avec un regard navré pour le corps inconscient du passe-muraille. Les cours reprennent, et nous suivons nos enseignants d'un pas traînant. Je préférerais mille fois rester aux côtés de Bilal avec la directrice pour attendre le médecin, appelé du continent.

Nous devons patienter jusqu'à l'heure suivante pour avoir des nouvelles. Grâce à une injection, le docteur a réussi à le réveiller juste assez longtemps pour qu'il puisse s'extraire de lui-même du mur. Il est maintenant à l'infirmerie, où il poursuit son étrange sommeil en compagnie des cinq autres victimes.

La dernière heure de la matinée est consacrée au cours de dessin. J'ai hâte de finir la peinture que je veux offrir à papa pour son anniversaire. J'y travaille assidûment depuis un mois, et la prof la trouve très réussie.

À l'entrée de la salle, nous nous figeons devant le chaos. Le semeur de troubles est passé par là. La pièce n'est plus qu'un pêle-mêle de couleurs où la gouache fraîche achève de dégouliner. J'identifie enfin mon œuvre, noyée sous un litre de peinture bleue. Irrécupérable.

C'en est trop ! Je dois retrouver le responsable et le lui faire payer ! Tout en nettoyant le plus gros des dégâts, je confie mon ras-le-bol à Iruka. J'avais oublié que je parlais à un sensitif.

— Tu n'es pas le seul à ressentir ça, m'avoue-t-il. Chaque élève avait ici un dessin auquel il tenait. C'est de la méchanceté gratuite.

Bizarrement, la personne qui a l'air le plus touchée par cette vague de catastrophes, c'est Samuel. Il ne décolère pas depuis le matin et garde les dents serrées et les sourcils froncés. Que sait-il que nous ignorons ?

Au repas de midi, à la cantine, c'est un concert de cris dégoûtés. Quelqu'un a eu le culot de verser du piment en poudre dans les spaghettis bolognaise et du sel dans la mousse au chocolat.

– Personne n'est entré dans la cuisine, jure la cuisinière, effondrée. Personne !

Entre nous, l'ambiance est morose.

– Il faut mettre un terme à ces mauvaises blagues, râle Aglaë en touillant sa mousse immangeable. Jasmine peut-elle vraiment être coupable ?

– Non, dément Iruka. Elle disait la vérité. Et puis, quel intérêt aurait-elle eu à saccager la salle de dessin ?

Aglaë fronce les sourcils.

– Mais alors, si ce n'est pas un pouvoir qui a provoqué ce sommeil soudain, c'est que…

Sans terminer sa phrase, elle part en trombe, mi-volant mi-courant, jusqu'à la poubelle de la cantine, dans laquelle elle fouille frénétiquement. Après quelques secondes, elle se redresse en brandissant une boîte bleue et blanche.

– J'en étais sûre ! Vous voyez ça, les garçons ? Bondodo, une boîte de somnifères. Quelqu'un a dû en verser dans le jus d'orange. Quelqu'un de très mal intentionné.

Chapitre 6

Après manger, je passe voir Bilal pour lui raconter ce qu'il a raté, mais l'infirmière m'interdit d'entrer. Il est toujours endormi.

Je décide de me confier à Samuel. S'il y a bien quelqu'un qui peut détecter les allées et venues suspectes, c'est lui★. En m'approchant de son bureau, je capte les bruits d'une dispute. Je m'arrête devant la porte entrouverte et dresse l'oreille. Samuel semble furieux.

– J'ai accepté de t'accueillir sur l'île parce que tu étais malheureuse au *Pré des Asphodèles*. Et c'est comme ça que tu me remercies ?

★ Samuel a le pouvoir de géolocalisation. Voir *Le Monstre de l'île*.

– J'en profite, tonton, c'est tout, répond une voix de fille. Ici, je peux agir comme bon me semble, je peux même m'habiller comme je veux !

– Et mettre en danger tes camarades, tu crois que c'est permis ?

– Ils ne savent pas la chance qu'ils ont ! Ils m'énervent ! Au *Pré des Asphodèles*, c'est uniforme, étude obligatoire le soir, cours de normalisation le matin ! À croire qu'on est des monstres parce qu'on a des pouvoirs !

Je n'y tiens plus et ouvre la porte en grand. Étrange : Samuel est seul dans la pièce. Alors

que je m'avance, je suis rudement bousculé par une force invisible. Un parfum fleuri vient chatouiller mes narines.

– Reviens ici ! s'écrie Samuel.

J'entends des pas, mais je ne vois personne dans le couloir. Soudain, l'explication me frappe comme une évidence. La nièce de Samuel est invisible !

– Il faut la rattraper, grommelle Samuel.

VOIR LE PARFUM À LA CAMOMILLE P. 14

Ses yeux se font lointains, signe qu'il utilise son pouvoir.

– Elle est dans les environs de la piscine, vite !

En sortant du bâtiment, nous manquons de percuter Iruka. Il est armé de deux pistolets à eau équipés d'un réservoir. Je lui demande ce qu'il compte en faire.

— Je vais chasser l'invisible, répond-il en me tendant l'un des pistolets. Modification personnelle : pistolets à peinture.

— Comment as-tu compris ? je demande, bouche bée.

— C'était logique. Malgré la finesse de ta vue, tu n'as pas été en mesure de repérer ton agresseur. Si l'atmosphère n'avait pas été saturée en chlore, tu aurais certainement pu le sentir

et ainsi échapper à l'agression. Ça et les traces de baskets laissées sur les lieux, tout concorde pour accuser quelqu'un d'invisible.

La piscine est fermée à cette heure-là. Samuel se propose de faire le tour pendant que nous inspectons l'intérieur du bâtiment. L'odeur de chlore et le silence me frappent aussitôt tandis que ressurgit ma peur.

Un plouf sonore me sort de ma paralysie. Iruka et moi nous précipitons jusqu'au bord du bassin, où deux baskets semblent attendre leur propriétaire.

Je m'accroupis pour inspecter la surface miroitante. Là-bas! Une forme singulière creuse l'eau, évoquant un corps en train de nager.

J'empoigne le pistolet à pleines mains, je saute dans le petit bassin et tire sur la fille invisible. Un jet de peinture bleue l'atteint en pleine figure. Alors qu'elle se redresse, je tire de nouveau, encore et encore. Ça, c'est pour la mousse au chocolat; ça, pour le dessin de papa; ça, pour Bilal…

Iruka pose la main sur mon épaule.

– C'est bon, Félix. Je crois qu'elle a son compte.

Je cligne des yeux et découvre Ambre, de nouveau visible. Une Ambre bleue de la tête à la taille. C'est donc elle, la semeuse de troubles. Je ne peux m'empêcher d'éclater de rire devant sa mine déconfite. Les éclats de rire d'Iruka se joignent aux miens. C'est la première fois que je l'entends rire, et ça ne me rend que plus heureux. Sur le bord du bassin, Samuel attend, les bras croisés.

– C'était une bonne idée de nager pour échapper à mon pouvoir. Mais, ma chère nièce, c'était compter sans mes fidèles limiers, Félix et Iruka. À ce que je vois, Félix, tu n'as plus peur de l'eau ?

Je le regarde bouche bée sans comprendre avant de m'apercevoir que je me tiens, moi aussi, dans le petit bassin. J'ai de l'eau jusqu'aux hanches et je n'ai même pas peur. Ça alors !

Vivement le soir que je raconte tout ça à Bilal. Il va être vert. Ou bleu peut-être.

Épilogue

– Plus profond l'épuisette, il reste des saletés dans l'eau, insiste Newton. Et ne traîne pas, il faut que tout soit terminé avant midi. La cantinière t'attend pour le service.

Ambre, grognon, s'exécute sous l'œil ravi d'Aglaë.

– Enfin descendue de son piédestal, la princesse ! glisse-t-elle à Bilal, appuyé sur le bord de la piscine.

– Elle n'a pas vraiment eu le choix. Soit elle acceptait les corvées de la directrice, soit elle retournait à l'institution du *Pré des Asphodèles*.

Je rejoins Bilal sur le bord du petit bassin, fatigué mais fier de mes récents progrès aquatiques.

– Malgré les punitions, elle a choisi l'île de Pan. *Le Pré des Asphodèles* est donc si redoutable que ça ?

– Crois-moi, notre école est un petit paradis face à cette institution, explique Aglaë en faisant la planche, les ailes déployées.

J'observe sereinement le reste de la classe batifoler dans l'eau et croise le regard d'Iruka, qui me félicite, le pouce levé.

Oui, c'est vrai qu'on se sent bien dans notre école pour enfants spéciaux.

© 2014 éditions Milan
300, rue Léon-Joulin,
31101 Toulouse Cedex 9, France
Loi 49.956 du 16.7.1949
sur les publications destinées
à la jeunesse
Dépôt légal : 2ᵉ trimestre 2014
ISBN : 978-2-7459-6281-2
www.editionsmilan.com
Mise en pages : Graphicat
Imprimé en France par Pollina - L68579B

Ce titre est une reprise
du magazine *Moi je lis* n° 302.